言いたいことがある

天国は生まれた時、地獄は去り行く時

太地憲月
TAICHI KENGETSU

幻冬舎MC

言いたいことがある
天国は生まれた時
地獄は去り行く時

貴方は生まれた時のこと、亡くなっていく時のことを
知っていますか。

人は誰も生まれた時のことは覚えていない。

自分がこの世を去る時のこともちろん誰も知らない。

生まれた時が天国で、
去り行く時が地獄であると考えたい。
亡くなってから天国と地獄があるというが、
それは生きている人間の願望であるように思う。

目次

1 平和を願う

人間よ　平和に生きよ　話し合い

地球上の人間は皆平等で、人間は何時どうして地球上に存在したのかいまだ判明していない。ならば地球上の人間は、皆兄弟であると考えることもできる。その兄弟がなぜ争いをするのか。是非話し合いで解決する努力をしてほしいと願う。平和になることを世界中の誰もがのぞんでいる。

宗教上の争いを、神様・仏様は絶対に悲しんでおられると思う。争いは神様・仏様を裏切ることになり、平和を願う神仏は嘆いておられる。話し合うことは大切だ。相手の話をよく聞き、こちらの言い分も伝え、お互いが納得して妥協できるよう努力をすることが、平和への一歩である。

地球人　皆幸せを　胸に秘め

人間は誰もが欲深い性格をもっている。自分さえ良ければ、自分の国さえよければと思いがちだが、お互いが利益になるよう協力し、足りないところは補い合いたいものだ。そうすればお互いの国が幸せになる。

特に先進国は恵まれている。発展途上国が先進国に近づき、全世界が平等で幸せな生活がおくれることを願う。地球が平和になることを全人類が願っている。地球上の人間は、皆兄弟であると思いたい。その兄弟が殺し合う戦争を絶対にしてはいけない。

地球が平和になるようそれぞれの国が努力する。そのためには、国の代表がお互いに向き合って話し合いをし、相互が理解し合うことが非常に大事であると思う。

2 死ぬのは地獄

その時の　死の恐ろしさ　誰ぞ知る

人には生まれてから、入園式、入学式、卒業式、成人式、結婚式等があり、これらは喜ばしい。しかし最後の葬式は悲しいし、むなしい。この世から去る前、意識がなくなるまでの間を想像すると、非常に恐ろしい。事故や病気、災害で土砂に埋まったり水に流される等、いろいろな亡くなり方があるが、意識がなくなるまでの恐ろしさは誰も知らないし、自分がどんな死に方をするのか誰もわからない。これがまさに地獄であると思う。まして死後のことはどうなっているのか誰もが知らない。

先祖より　受け継ぐ命　ここにあり

葬式が済み、火葬場で骨になり、初七日、四十九日（納骨）、1年、3年、7年等の法事をするが、これらは亡くなった人には全く関係がないように思われる。ただ言えるのは、親戚が一堂に集まって故人を偲ぶ日だということだ。現在では、昔と違い核家族になり、叔父・叔母・兄弟より子供や孫を重視する時代に変わった。家のつくりも変わり、大人数で集まることは考えていない。だからこのような法事をする必要があるのかどうか疑問に思う。現在では、上げ法事といって、お寺に赴きお参りし、法事を済ませている家庭が増えている。

父母去りて　先祖に感謝　我ここに

各々が生きていることの喜びを両親そしてご先祖様に対して日々感謝し、ご仏壇に手を合わせ、彼岸・盆にはお墓参りをするよう心がける。分家で仏壇のない家庭はお墓参りはできるが、これもできなければ、ご先祖様に事あるごとに、手を合わせる。

感謝の気持ちを忘れないことこそが供養であり、非常に大切なことである。したがってこのような法事をする必要があるのだろうか疑問に思う。今ある自分はご先祖様のおかげであることを常に肝に銘じて生きていくことが大切である。

亡くなった人がその後どのようになられているのか、誰もが知らない。法事を執り行うお坊さんでもわからないのではないか。お経は確かに良い言葉が述べられているが、それが故人に届いているのだろうか。これは生きている者が理解するのであろうが、我々凡人には理解しづらい。

人生の善し悪しは誰ぞ知る

もっと言いたいのは、亡くなってからも戒名には信士・信女、居士・大姉、その上に院居士・院大姉がある。この戒名こそ差別だと感じる。仏様が許されたのだろうか。いや、決してそうは思わない。士農工商があった時代にこんな戒名を作ったのはある程度理解できるが、絶対に差別をしてはいけない現代にこんな戒名があっていいものか。非常に残念で疑問に思う。戒名は俗名で良いと思う。そのほうが先祖を守る者にとってもよくわかり、親しみが持てる。

お墓のことで言うと、将来はお墓もなくなるのではないか。昔は土葬のためお墓にはお骨は無かった。火葬になってからのことである。お骨を拾うが体の一部であり、残りは山に捨てられているのが現状である。だとすれば少しだけお骨を受け取りそれを粉にして、粉つぼとでも言うような物を作り、これにおさめてご先祖様をご仏壇でおまつりする。このようにすればお墓は不要となるのではないかと思う。現在でもお骨を少し海に散骨する施主がいるとの話も聞くが、お墓をつくらず仏壇でご先祖様をおまつりするのが最善だと思う。

いかに国の財源をふやすかと考える現在、ある程度は増税もしかたがないのかもしれないが、お寺に税金がかけられていないことは不思議である。収入の多い立派な神社・仏閣には税金をかけるべきであると思う。

3 いじめ・自殺

若くして　去りゆきし人の　悔しさは

昔は1人で数人を懲らしめた。また数人同士の喧嘩はあった。しかし今は数人で1人をいじめる。本当に許せない。数人を1人で懲らしめる強い人間はいないのか。いじめに関して少し言いたいことがある。

いじめられて自殺する子が後をたたない。死ぬ気になればなんでもできる。そんな強い子に育てたい。病院に行けば気のどくな人が多数おられる。そんな人のためにも生きる大切さを自覚してほしい。

いじめに関しては学校が全面的に悪いように言われているが、自殺を考えているような子供に気がつけないこともある。一番悪いのは、多分気づいているだろう親だと思う。親・学校・警察等一体となっていじめられている子供に対処すべきである。

若者よ　生命のありがたさ身をもって知るべし

自殺を考えている子は病気であり、その病気になる前に何はさておきいじめられていることを親に相談すべきである。

学校・警察等はそのいじめている者と親を呼んで話し合い、その者たちにきつく反省をもとめる勇気が必要だ。それでもいじめが続くようであれば学校はいじめっ子を退学させる、警察は監視するくらいの徹底した処分をし、いじめられている子を保護しなければならない。いじめっ子はそう簡単にはあきらめないと思うので厳しく対処する必要がある。

若者よ　生きる力を　大切に

死ぬ気になれば後のことは何も考えなくて良い。いじめている子にいかに勇気をもって立ち向かうかが大事なことである。これは大人でも同じである。良いことは良しとし、悪いこと、間違っていることは、自分の出世をあきらめてでも徹底的に追及する勇気を持つことが大事である。パワハラに立ち向かうそんな勇気のある人間に育ってほしいし、育てたいものである。

心の病気になる前に、死ぬ気になればなんでもできる。病院に行けば苦しんでおられる病気の人たちが沢山おられ、いかに元気になろうかと日々病気とたたかって生活しておられる。そのような人たちを見ると、自殺なんてとんでもないと感じる。生きることの大切さが身にしみてわかる。命は与えられたものだから絶対に粗末にはできない。死ぬまで大切にするのがあたりまえである。

4 女性と男性について

男女の協力　国栄え

女性と男性のことで申したい。子供は母親の胎内で十月十日育てられる。時には母親の乳を吸って成長する。三つ子の魂百までといわれるように、３歳位までは母親が主に育てるのが子供にとっては良いと思われる。

子供を育てるのは両親であるが、その役割を世間一般が勝手に決めている。父親の役割・母親の役割は夫婦で相談して決めれば良いことである。父親の育児休業等を強制的に決めて実施しているが、これがはたして子供のためになるのだろうか。例えば子供が反抗期になった時、母親の手には負えない。そんな時は父親が、その場その場に応じて接することが子供にとって良いのではなかろうか。少し考えさせられる。

人権は　差別と区別　紙一重

今考えられないような事件が起きている。もちろん例外もあるが、子供を育てる親の、その育て方に問題があることも考えられる。

神様は母親・父親の役割を考えておられるものと信じたい。男女平等は賛成であるが、男と女の役割もあるのではなかろうか。子供は男には産めないことは事実である。生物学上の女の良さ、男の良さがある。例えば会社・役所の管理職、議員数や他の分野でも女子の割合を何%に増やすといった目標を定めること自体が理解できない。本当に実力のある人が抜擢されればよいように思う。

優秀な男性がその目標のために外されたなら、これこそ差別ではなかろうか。バランスも必要であるが。なぜか無理に平等をおしつけているような気もしないでもないように思える。

5 台風について

台風を　いかに壊さん　冷鉄砲

台風が過ぎ去るのをじっと待っているのではなく、勢力を弱めるような方法は何かないものか。

例えば、台風の目が通るであろう海面を冷たくするのはどうだろう。ドライアイス工場をつくり、潮の流れを利用して台風の目が通る箇所にドライアイスを大量にまいて海面を冷やすとか、あるいは大砲のようなもので台風の目をめがけてドライアイスを飛ばす等で海面を冷やすことを考える。

科学者よ　台風被害　食い止めよ

また通過する台風の中心部の海面を冷やす・凍らす等の研究をし、勢力を弱めてから上陸させられれば、その後の被害を少しは軽くすることができる。それができれば、被災地はどんなにか助かり、復興費用は少なくて済むだろう。位置や勢力・進行方向等は昔から研究されてすすんでいるが、それをただ傍観しているだけではなく、勢力を弱める方法を考えることはできないものだろうか。

以前台風が通り過ぎた後に、非常に勢力の強い次の台風が前の台風と同じコースを通過した。前の台風が海底をかき混ぜたおかげで海水温が少し下がって勢力が衰え、被害が少なくて済んだことを考えると、海の底をかき混ぜて海水温を下げる等の研究はできないものか。

まずは勢力を衰えさせ、被害を最小限にすることを考えるべきである。

6 忖度について

サラリーマン　立身出世か　金のため

人事権を握っている人には、どうしても気をつかう。これは誰にでも多かれ少なかれある。中でも官庁・会社勤めには、長いものには巻かれろといった、そんな人間が特に多い。

しかし、大事な事に対しては、良し悪しをはっきりともの申すべきである。それが官庁や会社のためである。そのような勇気ある人間が必要であり、上に立つ者は部下の言うことが的を射ていると思えば、それを受け入れる度量が必要である。

議員・官僚・役所関係に勤めている人は、なぜ給料が良いのか不思議である。なぜなら国民の税金で養ってもらっているのにと思うからである。

議員・官僚の中には特に権力をもっている人が多い。中でも議員は選挙の時は頭を下げて国民にお願いをするのに、当選すればそのありがたさを忘れる人が大半であるように感じる。

改革を　せずして何も　生まれない

身を切る改革をかかげる党もあり議員の報酬が多いと思っている党員もあるが、他党の議員からは一言も身を切る改革をするといった言葉は残念ながら出ない。沢山貰っているという感覚がないのではないか、と思う。そのような議員が大変な間違いを起こしても、官僚と呼ばれる人は自分の出世のために部下に命じてそれをもみ消そうとする。部下は悩んで病気になり自殺するというようなことも考えられる。

部下も、もっとしっかりして、病気になる前にもの申すくらいの勇気をもてば、自殺なんかしなくて済むと思われる。生きているうちに自分１人で悩んでいないで、勇気をもって友達または、公の場に相談するなりして、悩みの解決に努力することが必要である。

7 核について

国連を　時代にそった　改革に

国連について。常任理事国の全員が賛成でなければ議決しないのでは、何事も決めることができない。これを改め、拒否権の排除と、常任・非常任理事国の区別なく国連総会の3分の2以上で議決できるように是非変更するべきだ。大変難しいであろうが……。

また地球上に何かあれば常任理事国は地球平和のために対処すべきである。原子力の抑制・核廃絶・核軍縮は非常に大事であるが、なかなか絵に描いた餅のようにおもえる。それよりも核を使用した時の罰則を是非考えるべきではないだろうか。これは非常に大事なことである。

仮にもし核を使用した国があれば、その国に対して全世界の核保有国が、例えば国連軍と称して核を使用した国の指導者・最高責任者に対して目には目をといった対処をし、同時に核保有施設を破壊するなどの取り決めをするべきである。これが核保有国の最大の責務である。

核を持っていながら賛同しない国があるかもしれないが、そのような国は除外する。核を使用した時の非常に厳しい取り決めをするのが一番効果的だ。核戦争にならないよう核保有国が団結して平和な世界をきずくように是非努力願いたい。

8 政党について

多党より　少数政党　理にかなう

政党について。自民党と対決できる政党、いわゆる野党共闘を実現しなければ選挙の時にどんな良いことを言ってもその政策は野党では実現しない。だから国民は選挙に行かないと思う。

二大政党になれば、真剣に考える。多数の党を作ってその代表になりたい・要職につきたい等、そんな考えをもつ議員がいるのではないか。国民の願いをかなえるのであれば、野党が一党になるべきである。政策の違いは話しあえば妥協出来る。妥協しなければいつまでたっても国は変わらない。そのくらいの覚悟をもてば、自民党がもし国民の意にそわないような政策をした後の次の選挙で、国民は野党第一党を選ぶであろう。

自民党が悪い、と言ってるのではない。他に代わる政党がほぼないのだ。国を良くするためには二大政党にするべきではなかろうか。

小さな政党では良いことを言っていても実現しないことが多い。どの政党も基本的には国の安全、そして国民生活の安定を願っているのに、国会中継を見ていると、野党は与党の批判ばっかりしているように見える。わが党ならこうするといった考えは無いものか。答弁についても大臣がいちいち席に戻ったり来たりしているのを見るともどかしく、答弁する時間のロスをなくすためにマイクのところに座っていてはどうかと思う。すべての大臣が自力で答弁できるわけでもないから、わからないことがある時だけ席に戻って官僚に聞けばよいと思う。

身を切る改革　議員に必要

野党の質問にも問題があるように感じる。大変重要なことは徹底的に追及する必要があるが、たいしたことではないものに時間を費やす必要はないと思う。また、衆議院小選挙区の区割りについても（一票の格差問題）、選挙権のある有権者数よりも投票率を考慮するべきである。都会での投票率の低さにくらべたら田舎では投票率が非常に高いことから思うのである。

世襲議員が多いが、地盤があるから当選する確率が高い。本当に実力のある二世・三世ならともかく、そうでないような人が当選するのは、国民に問題があるように思える。良いか悪いかわからず、先代が良かったから多分良いだろうと思って投票していると思う。

二世・三世はお金があるから立候補もできる。二世・三世でなくても立派な政治家になれる人は沢山いるだろうが、お金がかかるから立候補できない人もあるのではないか。選挙には費用がかかりすぎる。衆議院も4年の任期までよほどのことがないかぎり、選挙はしなくて済むようにしたいものである。参議院の任期6年は長すぎるとも思うし、両議院とも定数を減らすべきとも思う。特に政党助成金が多く（ある党のみ受け取っていない）無駄な給付がなされているように思える。

能力の　限界を感じたときは　辞すべき

政治家の年齢も気になる。例えば70歳位を目処に引退を考えてもよいのではないか。そのためには後継者を育てることにも努力すべきではなかろうか。自分がいなければ、という考えは絶対に不要である。会社でも同様である。貴方がいなくても優れた人はいくらでもいる。自分でなければと思っている人が多いのではなかろうか。身の引き際が大切である。

9 結婚について

独り者　老後のことを　考えよ

人口が減少傾向にある現在、結婚をしない人が増えている。確かに独身は気楽で若い時は良かろう。しかしよく考えてみると、将来どうするのか心配である。今は1人で生活し、好きなことが出来るが、将来のことを考えると非常に心配である。

心配しなくていいのだろうか。年をとっても元気なうちはよいが、病気になったり事故にあったり等、いろいろなことに直面した時どうするのか。誰が助けてくれるであろうか。現在でも弔いを無償でしてくれる団体があるようだが、少しくらいのお金は必要である。まして死後のことを心配する。

身内・兄弟がいても若い時は子育て等で自分の生活が大変だ。裕福であれば面倒をみてくれるかもしれないが、それも期待は出来ないと思う。まして年をとっていれば自分たちも子供に世話をかけている状態で、とてもじゃないが兄弟の面倒をみるようなそんな余裕はない。そんなことを考えると、独身での生活は困った時、年をとった時には非常に不安を感じる。

以前は結婚はほとんどの人がしなければならないと思っていたし、２人で生活するほうが何かと都合がよく得策であると考えたものである。

子供を育てるのがいやだとかお金がかかるとか、そんなことは育ててみればどうにかなるし、子供のためには親としてどんな苦労もする覚悟が必要で、楽しみでもある。確かにお金はかかる。今は児童手当てが支給されているが、大学までの学費の無償化はできないものだろうか。少し無理かな……。

夫婦とは　困った時に　助け合う

又結婚してもすぐに離婚する。子供が出来る前の離婚はともかく、子供が生まれてからの離婚は事情にもよるが、話し合い、お互いが努力・我慢・辛抱をし、絶対に子供のためにも離婚はしないでほしい。昔にくらべ離婚率も非常に高くなっている。昔の人は辛抱強かったと思うが、現代の人はお互いを理解し辛抱することが出来ず、気ままに育っているようにも思われる。だから子供もうまく育てられない一部の人も多くいるようで、理解のしづらい事件も起きるのではなかろうか。子育てが大変な現在、夫婦が助け合い協力して、幸せな日々を過ごしている人達を見習うべきである。

安定した家庭をきずいている人が多く、その人たちも多分、苦労・我慢・辛抱等をかさねて立派な家庭をもっておられるのだと思う。

10 大学入試について

覇気はなく　気概を持たず　努力せず

大学の入学試験は高校の成績などを考慮し、面接のみでおこない（高校入試も同様）、入学してから成績の悪い人は退学してもらうようにするのはどうだろうか。今は入学する前には一生懸命勉強するが、詰め込みの勉強では身につかない。入学してから真剣に勉学に励むことこそ身につくものである。

ほとんどの学生が遊びに重きをおいていて、入学する前より勉強をしない傾向にある。専門職につく学生は勉学に励んでいるが、そうでない者はあまりしないのではないか。学生生活を楽しんでいる人のほうが多い気がする。それも社会勉強かもしれないが……。

大学で一生懸命に勉学に励み退学させられないように頑張ることが必要である。入試のための勉強も必要かもしれないが、入学してからの勉強のほうが必要である。

このようになれば塾もなくなり、学校での勉強に真剣に取りくむようになり、お金もかからないようになると思う。

11 殺人について

改革は　義理人情　捨てるべし

立てこもったり無差別に人を殺めた者については、即対処すべきである。そんな人に食事を与え、裁判をして何年も養っていくのはいかがなものか。

アメリカのようにはならないものか。完全に悪い者への処遇が少し長すぎる。短期間で判決を下すべきと考える。

人を殺すのは精神に障害があるからかもしれないが、精神鑑定をする必要があるのかどうか疑問である。被害者で亡くなった人はもちろん、遺族の方の気持ちを察すればいたたまれない。早く解決したいはずである。解決しても遺族には悲しさ・むなしさが残るだけであるが。

障害を負って生活しておられる被害者も沢山いらっしゃるが、その人たちのためにも1日も早く事件を解決するよう努力するべきである。

12　高齢者の運転について

安全の　裏返しには　危険有り

高齢者による運転事故が多発している現在、免許を返納するのが一番良いのであるが、田舎での年寄り夫婦の生活には車が絶対に必要であるため、悩めるところである。都会なら辛抱できるであろうが……。

今の車は性能が良すぎて高齢者には扱いにくいのではないか。少しは国が補助をし、自動運転の車に乗りかえるべきである。ブレーキとアクセルを踏み間違う事故が多いようだが、一瞬判断がつかなくなっているのである。脳が異変をおこしているのではないか。

13 年金と生活保護について

年金の　受取り額　がっかりと

現在、厚生・国民年金があるが、以前は共済年金や議員年金、議員恩給というものがあった。共済年金は厚生年金より率が高いのは不思議である。国民の税金から収入を得て現役を過ごしてきた人が、なぜ年金を受給する際の受給率が高いのか、不思議で理解できない。

また、国民年金受給者より生活保護を受けている人のほうが高い金額を得ているのも理解できない。すべて改正するべきである。

議員年金（恩給）が今は廃止されたとはいえ、国民の税金を使い、国民よりもはるかに議員が優遇されてきたことは確かだろう。

14 最後に

話し合い　これこそ平和の　第一歩

拉致問題については、相手国との国交正常化に努力し、国どうしが仲良くならなければ、解決しないように思える。防衛訓練をするのも必要かもしれないが、まず第一に国と国とが話し合う事である。

結婚をしなくては　子は増えず

少子化問題の解決には、まず結婚をすることであるが、色々な事情があって難しい。お金も必要であるが、お互いの信頼関係が最も大事である。

我が思想　時の流れに　逆らえず

最後に、ここまで思っていることを遠慮なく述べたが、できないこと、難しいことは、百も承知している。

戦後の苦しい生活から先人達の血のにじむような努力により今の日本があり、この発展は想像以上のものがある。生活面においても、多くの人が幸せに過ごしている。感謝すべし。

交通の便により、国内はもちろん海外にも簡単に行ける。車社会にもなって非常に便利になった。また、特に医療技術の発展により、健康で長生きできるようになったことは、大変喜ばしいことであり、今後ますます発展し、良い方向に進むよう願いたいものである。

〈著者紹介〉
太地憲月（たいち けんげつ）
本名：柿田憲行

言《い》いたいことがある
天国《てんごく》は生《う》まれた時《とき》
地獄《じごく》は去《さ》り行《ゆ》く時《とき》

2024年2月29日　第1刷発行

著　者　　太地憲月
発行人　　久保田貴幸

発行元　　株式会社 幻冬舎メディアコンサルティング
〒151-0051　東京都渋谷区千駄ヶ谷4-9-7
電話　03-5411-6440（編集）

発売元　　株式会社 幻冬舎
〒151-0051　東京都渋谷区千駄ヶ谷4-9-7
電話　03-5411-6222（営業）

印刷・製本　中央精版印刷株式会社
装　丁　　弓田和則

検印廃止

Printed in Japan
ISBN 978-4-344-69048-6 C0095
幻冬舎メディアコンサルティングＨＰ
https://www.gentosha-mc.com/